心

谷川俊太郎詩集

目次

心

心1

心心**心**
ㄒㄧㄣ 你看
只是文字形狀不同
你的心都會
微妙地動搖

晃動的布丁
向宇宙敞開的天空
無底的泥沼
未加工的鑽石

無論什麼樣的比喻
都貼切……
心是妖怪？

こころ1

ココロ
こころ
心
Kokoro ほら
文字の形の違いだけでも
あなたのこころは
微妙にゆれる

ゆれるプディング
宇宙へとひらく大空
底なしの泥沼
ダイヤモンドの原石

どんなたとえも
ぴったりの……
心は化けもの？

心 2

心在哪兒呢
鼻頭上長了粉刺
心就離不開那兒
但手機訊息聲一響
心就會興沖沖地飛奔而去

心要去哪兒呢
看電視劇時
心與主角一起旅行
但身體卻一直待在這裡
靜靜守護調皮的心

身體那麼健康
心卻老是擔心害怕生病
追不上這樣的心
對這樣的心束手無策
身體有時靜坐抗議

こころ 2

心はどこにいるのだろう
鼻の頭にニキビができると
心はそこから離れない
だけどメールの着信音に
心はいそいそすっ飛んで行く

心はどこへ行くのだろう
テレビドラマを見ていると
心は主役といっしょに旅を続ける
でも体はいつもここにいるだけ
やんちゃな心を静かに守る

体は元気いっぱいなのに
心は病気がこわくて心配ばかり
そんな心に追いつけなくて
そんな心にあきれてしまって
体はときどき座りこむ

心 3

早晨　貓慢慢走進院子
隔著玻璃窗盯著我
牠在想什麼呢
我剛這麼一想貓卻得意一笑
（總覺得是這樣）
炫耀似的伸個懶腰的貓走了
有什麼看不見的東西留在牠身後
那是貓的花心？
還是我的不定心？
天空陰沉沉的

貓現在要去的地方
我現在不得不去的地方
兩個地方應該都不遠
但為何我心發慌

こころ 3

朝　庭先にのそりと猫が入ってきた
ガラス戸越しに私を見ている
何を思っているのだろう
と思ったらにやりと猫が笑った
(ように思えた)

これ見よがしに伸びをして猫は去ったが
見えない何かがあとに残っている
それは猫のあだごころ?
それとも私のそらごころ?
空はおぼろに曇っている

猫がこれから行くところ
私がこれから行かねばならないところ
どちらも遠くではないはずだが
なぜか私は心もとない

替她發言

「路過花店前時想吐
每一朵五顏六色的花都是利己主義者
藍天什麼的想讓它隱藏在厚厚的雲層裡
星星什麼的都給我掉下來好了
大家怎麼好意思滿不在乎地活著啊？
用珠光寶氣的東西裝飾自己
不停地查看來訊
我　想放棄做人
想變成石塊讓誰用力地拿起來丟
不然就乾脆變成泥水融入大海」

她面無表情地啜飲攙水的梅酒
T恤下的兩團隆起
因為無法發言而背叛了心
光明正大地主張著生命

彼女を代弁すると

「花屋の前を通ると吐き気がする
どの花も色とりどりにエゴイスト
青空なんて分厚い雲にかくれてほしい
星なんてみんな落ちてくればいい
みんななんで平気で生きてるんですか
ちゃらちゃら光るもので自分をかざって
ひっきりなしにメールチェックして
私　人間やめたい
石ころになって誰かにぶん投げてもらいたい
でなきゃ泥水になって海に溶けたい」

無表情に梅割りをすすっている彼女の
Tシャツの下の二つのふくらみは
コトバをもっていないからココロを裏切って
堂々といのちを主張している

心　滾來滾去

心　如果喀啦一下跌倒
心　會骨碌碌地滾啊滾
心　嘻嘻呵呵地笑出聲

心　踉踉蹌蹌跌坐下來
心　翻來覆去地滾躺著
心　迷迷糊糊地打盹兒

心　試著擲骰子
心　很容易上當
心　慢慢地醒來

心差不多　要改變了

こころ　ころころ

こころ　ころんところんだら
こころ　ころころころがって
こころ　ころころわらいだす
こころ　よろよろへたりこみ
こころ　ごろごろねころんで
こころ　とろとろねむくなる
こころ　さいころこころみて
こころ　ころりとだまされた
こころ　のろのろめをさまし

そろそろこころ　いれかえる

琴弦

「我摸過 Kinsen 喔」
奶奶反覆說
「什麼 Kinsen 呀？」我問
奶奶沒回答
不是沒回答是回答不出　因為癡呆了
不是癡呆是失智了

我查了一下詞典　不是金錢是琴弦
心弦鳴響　產生共鳴了
何時？何地？是誰觸動了　什麼？
奶奶只是像在夢裡微笑著

即使變得不能自己吃飯
即使搞不清身在何處
即使忘記了自己的名字
奶奶的心仍健在

在我看不見的地方
與許多人相見
看著美麗的景色
聽著記憶中的旋律

キンセン

「キンセンに触れたのよ」
とおばあちゃんは繰り返す
「キンセンって何よ?」と私は訊《き》く
おばあちゃんは答えない
じゃなくて答えられない　ぼけてるから
じゃなくて認知症だから

辞書ひいてみた　金銭じゃなくて琴線だった
心の琴が鳴ったんだ　共鳴したんだ
いつ?　どこで?　何が　誰が触れたの?
おばあちゃんは夢見るようにほほえむだけ

ひとりでご飯が食べられなくなっても
ここがどこか分からなくなっても
自分の名前を忘れてしまっても
おばあちゃんの心は健在

私には見えないところで
いろんな人たちに会っている
きれいな景色を見ている
思い出の中の音楽を聴いている

煩

訊息裡寫了喜歡
雖然加了許多心形圖案
但光看文字總覺得有點假
莫非並不真心喜歡你？

可是見面看著你的眼
在接吻前說了聲喜歡你
才知道真的是喜歡
聲音比文字誠實

然而他卻沉默不語
那一刻我微微覺得受傷

心這東西總是沒一刻安靜
有時真煩啊

うざったい

好きってメール打って
ハートマークいっぱい付けたけど
字だとなんだか嘘《うそ》くさいのは
心底好きじゃないから？

でも会って目を見て
キスする前に好きって言ったら
ほんとに好きだって分かった
声のほうが字より正直

だけど彼は黙ってた
そのとたんほんの少し私はひいた

ココロってちっともじっとしてないから
ときどきうざったい

不明白

心不懂自己
悲傷喜悅憤怒
如果能用那些語言說得清
就不會那麼辛苦了

心悄悄地想著
在語言說不清的亂七八糟中
在語言追不上的一塌糊塗裡
藏著真正的我

我既不黑也不白
是光影不停變動的灰色調

是風平浪靜和暴風雨反覆的波瀾
不想被陳腔濫調扼殺！

可是從語言的牢籠逃出
靜心冥想時
不知何時心卻迷失方向（笑）

分からない

ココロは自分が分からない
悲しい嬉《うれ》しい腹が立つ
そんなコトバで割り切れるなら
なんの苦労もないのだが

ココロはひそかに思っている
コトバにできないグチャグチャに
コトバが追いつけないハチャメチャに
ほんとのおれがかくれている

おれは黒でも白でもない
光と影が動きやまない灰の諧調《かいちょう》

凪《なぎ》と嵐を繰り返す大波小波だ
決まり文句に殺されたくない！

だがコトバの檻《おり》から逃げ出して
心静かに瞑想《めいそう》してると
ココロはいつか迷走している（笑）

鞋子的心

突然回頭一看
脫下的運動鞋
在門口地上注視著我
破舊不堪還沾滿灰塵
一副死了心的表情
但感覺不到任何惡意

鞋子也有心
因為我也有心所以懂得
雖然鞋子什麼也不說
我穿了許多年
走在街上迷路時絆倒過

已經如同我的親人
但想要一雙新鞋子……

靴のこころ

ふと振り向いたら
脱ぎ捨てたスニーカーが
たたきの上で私をみつめていた
くたびれて埃《ほこり》まみれで
あきらめきった表情だが
悪意はひとつも感じられない

靴にもこころがある
自分にもこころがあるからそれが分かる
靴は何も言わないが
何年も私にはかれて
街を歩き道に迷い時にけつまずいた

もう身内同然だ
新しい靴がほしいのだが……

水的比喻

你的心不沸騰
你的心不冰凍
你的心是遠離人煙的寧靜池塘
不管什麼樣的風都不起漣漪
有時讓人懼怕

我想跳進你的池塘
也想潛入水底看看
是透明還是渾濁
是深還是淺
因為不知道而猶豫了

我想大膽地丟一顆石頭　向你的池塘裡
如果水波打濕了腳
如果水花濺到了臉
我會變得更愛你

水のたとえ

あなたの心は沸騰しない
あなたの心は凍らない
あなたの心は人里離れた静かな池
どんな風にも波立たないから
ときどき怖くなる

あなたの池に飛びこみたいけど
潜ってみたいと思うけど
透明なのか濁っているのか
深いのか浅いのか
分からないからためらってしまう

思い切って石を投げよう　あなたの池に
波紋が足を濡《ぬ》らしたら
水しぶきが顔にかかったら
わたしはもっとあなたが好きになる

陰天

天空陰沉灰暗但不單調
灰色也有很多表情
眼睛像讀樂譜一樣追著它
心無聲地哼起歌
儘管昨天才發生難過的事情

閉上眼睛後這次是北國之海的濤聲
消去形容詞消去名詞消去動詞和問號
「我真不懂你啊」
頭對心嘟囔著
「我們一起創造了惡魔
也齊心協力創造了天使

你卻拋下我
不知道晃蕩到哪裡去了」
吞下天空和大海
心暫時
在「無心」中飄蕩

曇天

重苦しい曇り空だが単調じゃない
灰色にもいろんな表情があって
楽譜のように目がそれをたどっていると
ココロが声にならない声でハミングし始める
昨日あんなつらいことがあったのに

目をつぶると今度は北国の海の波音が
形容詞を消し名詞を消し動詞を疑問符を消す
「おれにはおまえが分からんよ」
ココロに向ってアタマはつぶやく
「おれたちはいっしょになって悪魔を創った
力合わせて天使も創った

それなのにおまえはおれを置き去りにして
どこかへふらふら行ってしまう」

空と海を呑みこんで
ココロはひととき
「無心」にただよっている

場面話

想打破場面話
但場面話很堅固
用身體撞它也毫不動搖
就算想窺視真心話
也沒有一扇窗

場面話呀
你讓真心話發狂
用高牆圍住
本想守護的真心話
萬一什麼時候發生了暴動怎麼辦

可是仔細一看
場面話上出現了裂縫
真心話正從那裡滲出來
宛如決堤前的大壩

建前

建前を壊したいが
建前は頑丈だ
体当たりするがびくともしない
本音をのぞきたくとも
窓ひとつない

建前よ
おまえは本音を狂わせる
高い塀で囲いこんで
守っているつもりの本音が
いつか暴動を起こしたらどうするんだ

だがよく見ると
建前にヒビが入っている
そこから本音が滲《にじ》み出ている
決壊前のダムさながら

關於悲傷

在舞台上流淚時
演員決不是因為悲傷
為了打動觀眾的心
他讓自己心碎

描寫悲傷時
作家決不是因為悲傷
為了抓住讀者的心
她讓自己心醉

狗憂鬱地狂吠時
狗決不是因為悲傷

不知為了什麼
牠只是讓自己心痛而已

悲しみについて

舞台で涙を流しているとき
役者は決して悲しんではいない
観客の心を奪うために
彼は心を砕いているのだ

悲しみを書こうとするとき
作家は決して悲しんではいない
読者の心を摑むために
彼女は心を傾けているのだ

悲しげに犬が遠吠えするとき
犬は決して悲しんではいない

なんのせいかも分からずに
彼は心を痛めているだけ

散步

想放棄又放棄不了
像攪動泥水
一次次攪動自己的心
帶著渾濁的心走出了房間

雪殘留在山上
太陽在天空閃耀
鳥站在電線上
路上有人在遛狗

邊走邊望著一成不變的風景
泥漸漸地沉澱

心一點點地透明
世界變得清晰可見
這美麗令人訝異

散歩

やめたいと思うのにやめられない
泥水をかき回すように
何度も何度も心をかき回して
濁りきった心をかかえて部屋を出た

山に雪が残っていた
空に太陽が輝いていた
電線に鳥がとまっていた
道に犬を散歩させる人がいた

いつもの景色を眺めて歩いた
泥がだんだん沈殿していって

心が少しずつ透き通ってきて
世界がはっきり見えてきて
その美しさにびっくりする

心的胎毛

隱藏起來的心
沒人知道
即使自己也意識不到的心
在那顆心的胎毛
輕輕觸摸著的這音樂
對不起
比你的任何愛撫
更加溫柔
宇宙因基本粒子的細膩
而成立
知道這個的

肯定只有靈魂吧
你的心
會來感受我的靈魂嗎？

こころのうぶ毛

隠れているこころ
誰も知らない
自分でも気づいていないこころ
そのこころのうぶ毛に
そっと触れてくるこの音楽は
ごめんなさい
あなたのどんな愛撫《あいぶ》よりも
やさしいのです
宇宙が素粒子の繊細さで
成り立っているのを
知っているのは

きっと魂だけですね
あなたのこころは
私の魂を感じてくれていますか？

道路

沒有走動
竟然不知從哪兒來了一條路
帶領著草木
把地平線藏在背後

即使身體沒在走動
心也會誠惶誠恐地順從道路
上山渡河
這條路通往哪裡呢

這是只屬於我的道路
心剛一領會

語言就從對面而來
還拖著一個接一個
吵吵嚷嚷的陌生人

道

歩いてもいないのに
どこからか道がやって來た
草木を連れて
地平線を後ろ手にかくして

体は歩いていなくても
心はおずおずと道に従い
丘を上り川を渡る
この道はどこへ通じているのか

これは自分だけの道だ
心がそう納得したとたん

向こうから言葉がやって來た
がやがやとうるさい他人を
ぞろぞろ引き連れて

頭與心

「生氣了吧？」頭問道
「何止是生氣」心回答
「覺得遺憾？」頭又問
「也是有」回答得含糊
「是憎恨啊」頭追問後
「嗯」心無言以對

頭雖不停發出語言
心對斷定的語言很不滿
被無法言說的情緒充電
心的保險絲突然燒斷！

面對拳打腳踢
頭只能抱頭躲避

アタマとココロ

「怒りだろ？」とアタマに訊かれて
「それだけじゃない」とココロは答える
「口惜しさなのか？」と問われたら
「それもある」と歯切れが悪い
「憎んでるんだ」と突っこまれると
「うーん」とココロは絶句する

アタマはコトバを繰り出すけれど
割り切るコトバにココロは不満
コトバで言えない気持ちに充電されて
突然ココロのヒューズが切れる！

殴る拳と蹴《け》飛《と》ばす足に
アタマは頭を抱えてるだけ

想扔掉

我想扔掉項鍊
想扔掉喜歡的書
想扔掉手機
想扔掉母親和弟弟
想扔掉家
想扔掉一切
我只想變成我自己

非常孤獨吧
因為心和身體扔不掉
害怕吧　迷惘吧
但是我想一個人決定

最想要的是什麼
最重要的人是誰
用日落後最亮星星般的心情

捨てたい

私はネックレスを捨てたい
好きな本を捨てたい
攜帯を捨てたい
お母さんと弟を捨てたい
家を捨てたい
何もかも捨てて
私は私だけになりたい

すごく寂しいだろう
心と体は捨てられないから
怖いだろう　迷うだろう
でも私はひとりで決めたい

いちばん欲しいものはなんなのか
いちばん大事なひとは誰なのか
一番星のような気持ちで

悔恨

要重複多少遍才會滿意呢
心　故意揭開
悔恨的瘡痂
讓滲出的血曝曬
固執地把它當作補償

撫摸著小狗的頭
眺望著連綿的遠山
把酒杯湊到嘴邊
在意想不到的時刻　突然
心闖進死胡同

無法返回
只能呆立不動

悔い

何度繰り返せば気がすむのだろう
心は　悔いを
わざとかさぶたをはがして
滲《にじ》んだ血を陽《ひ》にさらして
それを償いと思いこもうとして

子犬の頭を撫《な》でながら
遠い山なみを眺めながら
口元に盃《さかずき》を運びながら
思いがけぬ時に　ふと
心は行き止まりに迷いこみ

引き返すことができずに
立ちすくむ

心的皺紋

褪色老照片中三歲的我
坐在母親腿上笑
這孩子與七十七歲的我是同一人？

心臟上長了多少毛
頭髮也相應從腦袋上消失
可是不安和恐懼依然如故

心不會像身體一樣發育
即便如此心的皺紋也會增加
與臉相同　與腦相同？

被揉成團
心連打磨的閒暇都沒有
芯裡究竟有什麼呢

心の皺

セピア色の写真の中の三歳の私
母の膝で笑っている
この子と喜寿の私が同一人物？

心臓に毛が生えたぶん
頭からは毛がなくなって
だけど不安と恐れはそのままで

心は体ほどには育たない
としても心にも皺《しわ》は増えた
顔と同じに　脳と同じに？

もみくちゃにされ丸められ
磨く暇もなかった心
芯にはいったい何があるのか

那天

已想不起來的語言
到哪裡去了呢
坐在病人的身邊
漫無邊際閒談的那天

微笑雖一直銘刻於眼底
說過的話一定
已被那個人帶走
帶往不是這裡的某個地方

不，說不定
是我收起來了嗎

收進心的最深處
與無法挽回的悲傷一起

あの日

もう思い出せないことばは
どこへ行ってしまったのだろう
病む人のかたわらに座り
とりとめのない話をしたあの日
微笑《ほほえ》みは目にやきついているのだが
話したことはきっと
あの人が持って行ってしまったのだ
ここではないどこかへ

いやもしかすると
私がしまいこんでしまったのか

心のいちばん深いところへ
取り返しのつかない哀《かな》しみとともに

空虛與空洞

心空虛時
心中是空屋
灰塵處處蜘蛛網遍布
被扔掉的菜刀鏽跡斑斑

心空洞時
心中是草原
在通透的藍天下
遠遠地眺望到地平線

空虛與空洞
看似相仿其實不同

心這個容器伸縮自如
時而空虛時而空洞
時而虛無時而無限

うつろとからっぽ

心がうつろなとき
心の中は空き家です
埃《ほこり》だらけクモの巣だらけ
捨てられた包丁が錆《さ》びついている

心がからっぽなとき
心の中は草原です
抜けるような青空の下
はるばると地平線まで見渡せて

うつろとからっぽ
似ているようで違います

心という入れものは伸縮自在
空虚だったり空だったり
無だったり無限だったり

夕景

層層雲朵的溫柔觸感下
高樓乏味的素顏
被黃昏淡淡的餘暉妝點
看慣的這裡
變成陌生之處
陌生卻很懷念
美麗又哀愁的那裡
那裡就是這裡
心此刻在感受著什麼
心也無法分辨

不久街道褪成深褐色
黑夜慷慨地攪拌
正邪美醜愛憎虛實

夕景

たたなづく雲の柔肌の下
味気ないビルの素顔が
夕暮れの淡い日差しに化粧され
見慣れたここが
知らないどこかになる
知らないのに懐かしいどこか
美しく物悲しいそこ
そこがここ

いま心が何を感じているのか
心にも分からない

やがて街はセピアに色あせ
正邪美醜愛憎虚実を
闇がおおらかにかきまぜる

旋律

被那僅僅四小節的
旋律擄獲
我回到了童年
在一個從未去過的夏日海邊

穿過防風林的風
摩挲裸露的肩
撐著陽傘的母親
凝視著遠方

或許是前世記憶的碎片
那裡的我是我嗎？

一切都被吸入
心看不見的年輪漩渦

旋律

わずか四小節の
その旋律にさらわれて
私は子どもに戻ってしまい
行ったことのない夏の海辺にいる

防風林をわたる風が
裸の肩を撫《な》でる
パラソルをさした母親は
どこか遠くをみつめている

前世の記憶のかけらかもしれない
そこでも私は私だったのか

こころが見えない年輪の渦巻《うずまき》に
どこまでも吸いこまれてゆく

間隙風

那個人突然緘默
在昨晚那個尷尬的瞬間
我輕輕笑了一下
於是沉默拖得更長

心的某處出現了縫隙
微弱的風吹過
是悲傷嗎是後悔嗎
還是小小的恐懼和微微的憤怒呢
像失去了水分的蘿蔔
像煮過頭的豆腐

心裡加了醋
今早的我

隙間風

あのひとがふっと口をつぐんだ
昨夜のあの気まずい間
わたしが小さく笑ってしまって
よけい沈黙が長引いた

ココロのどこかに隙間ができて
かぼそい風が吹きぬける
哀しみなのか悔いなのか
小さな怖れとかすかな怒り

水気なくした大根のように
煮すぎた豆腐のように

心にスが入ってしまった
今朝のわたし

心的顏色

想吃想做想睡
身體像三原色一樣單純
但是在此加上心
便是不遜於色票的多種色調

那種顏色漸漸褪去
滲開褪落模糊消失
心與身體一起
已成為一張黑白紀念照

索性再一次
試著讓它恢復全新

白色的心上墨跡栩栩如生
想畫一個大圓圈

心の色

食べたいしたい眠りたい
カラダは三原色なみに単純だ
でもそこにココロが加わると
色見本そこのけの多様な色合い

その色がだんだん褪《あ》せて
滲《にじ》んで落ちてかすれて消えて
ココロはカラダと一緒に
もうモノクロの記念写真

いっそもう一度
まっさらにしてみたい

白いココロに墨痕淋漓《りんり》
でっかい丸を描いてみたい

寶特瓶

飲料喝完了
空瓶上的標籤被撕掉
一絲不掛透明的寶特瓶
心覺得　你很美

20101229／CA
紋在身上的一串數字
難道是你的存在證明？
心囁語　不需要這種東西

在毫無遮掩的肌膚對面
大波斯菊在微風中搖曳

空空的寶特瓶
謙遜地待在世界的角落

ペットボトル

中身を飲み干され
空になってラベルを剝《は》がされ
素裸で透き通るペットボトル
お前は美しい　と心は思う

20101229／CA
からだに刺青《いれずみ》された一連の数字
これがお前の存在証明？
そんなもの要らない　と心は呟《つぶや》く

何ひとつ隠さない肌の向こうで
コスモスがそよ風に揺れて

空っぽのペットボトルは
つつましくこの世の一隅にいる

只用眼睛

只能盯著看
不，只想盯著看
手與手指不動，輕輕地
想用目光擁抱你
只想用眼睛愛你
它比語言正確且有深度
永遠盯著看下去
想跟你一起去遨遊心的宇宙

我想的這些
只靠凝視能傳達嗎
給現在哼著歌

邊晾衣服的你

目だけで

じっと見ているしかない
いやじっと見ているだけにしたい
手も指も動かさずふんわりと
目であなたを抱きしめたい
目だけで愛したい
ことばより正確に深く
じっといつまでも見続けて
一緒に心の宇宙を遊泳したい

そう思っていることが
見つめるだけで伝わるだろうか
いまハミングしながら

洗濯物を干してるあなたに

裸體

想用近似無限沉默的語言
接近自己的所愛
很多柔弱的詩被寫下
以絕不大呼小叫的文字
傳至後世

一說出口就會像雪一樣融化
只在心裡說出聲的話
把意義藏在背後的話
混雜在都市的喧囂中　現在
亦悄然露出雪白的裸體

裸身

限りなく沈黙に近いことばで
愛するものに近づきたいと
多くのあえかな詩が書かれ
決して声を荒らげない文字で
それらは後世に伝えられた

口に出すと雪のように溶けてしまい
心の中でしか声に出せないことば
意味を後ろ手に隠していることばが
都市の喧騒《けんそう》にまぎれて　いまも
ひそかに白い裸身をさらしている

心的事情

那個日語結結巴巴的壯漢
說出了「心的事情」
「總是在想心的事情」
不是身體不是金錢
也不是政治
心的事情

或許不知道「心事」這個詞的壯漢
他〈心的事情〉卻比心事更懇切地回響
目光溫和的壯漢說
「神不會拯救我」
結束環繞世界聖地的旅行

他說要回到妻兒身邊
或許在故鄉的城市經營不動產

ココロノコト

たどたどしい日本語でその大男は
「ココロノコト」と言ったのだ
「ココロノコトイツモカンガエル」
体のことでもお金のことでも
政治のことでもない
心のこと

心事という言葉は多分知らない男の
心事より切実に響く〈心のこと〉
柔和な目をした大男は言う
「カミサマタスケテクレナイ」
世界中の聖地を巡る旅を終えて

妻子のもとへ帰るという
故郷の町では不動産業を営むとか

畫

女孩用蠟筆讓心中的地平線
移動到圖畫紙上
眼前是喜歡的男孩與自己的背影
向著地平線手牽手

幾十年過後她忽然想起
過去畫的這幅畫
以及那時自己的心情
和那個男孩的汗臭味

不知為何流淚
從背對丈夫躺著的她的眼裡

絵

女の子は心の中の地平線を
クレヨンで画用紙の上に移動させた
手前には好きな男の子と自分の後姿《うしろすがた》
地平に向かって手をつないでいる

何十年も後になって彼女は不意に
むかし描いたその絵を思い出す
そのときの自分の気持ちも
男の子の汗くささといっしょに

わけも分からず涙があふれた
夫に背を向けて眠る彼女の目から

凌晨四點

枕邊的手機響了
「喂喂」了幾句
只聽到對方的鼻息聲
因為知道是誰
沒有掛斷

不說話很可怕
我的心凍結了

在通往語言的途中
向宇宙散射的無聲電波
把變成迷路孩子的兩顆心
勉強連結在一起

晨光能消散心的黑暗嗎

午前四時

枕もとの携帯が鳴った
「もしもし」と言ったが
息遣いが聞こえるだけ
誰なのかは分かっているから
切れない

無言は恐ろしい
私の心はフリーズする

言葉までの道のりの途中で
迷子になったふたつの心を
宇宙へと散乱する無音の電波が
かろうじてむすんでいる

朝の光は心の闇を晴らすだろうか

心啊

心啊
一刻不停跳動的心啊
如何才能
用語言抓住你呢
無論是滴落流淌沉澱洶湧的水的形容
還是照耀朦朧閃爍陰翳的光的比喻
都會把你像標本一樣固定

連音樂都遲緩地變幻無窮
心不是我的私有物
我活在心的宇宙裡
以光速往返地獄與極樂世界

你支配著我
既殘酷又慈悲
心啊

心よ

心よ
一瞬もじっとしていない心よ
どうすればおまえを
言葉でつかまえられるのか
滴り流れ淀《よど》み渦巻く水の比喩《ひゆ》も
照り曇り閃《ひらめ》き翳《かげ》る光の比喩も
おまえを標本のように留めてしまう

音楽ですらまどろこしい変幻自在
心は私の私有ではない
私が心の宇宙に生きているのだ
光速で地獄極楽を行き來して

おまえは私を支配する
残酷で恵み深い
心よ

手與心

手握著手
手放膝蓋上
手搭在肩膀
手輕撫臉頰
手觸摸後背
手與心很親密

手擺弄
手焦慮
手弄錯
手開始漫無目的
手被用力拍打

手有時太快
與心相比

手と心

手を手に重ねる
手を膝《ひざ》に置く
手を肩にまわす
手で頬に觸れる
手が背を撫《な》でる
手と心は仲がいい

手がまさぐる
手は焦る
手が間違える
手は迷走し始めて
手ひどく叩《たた》かれる

手はときに早すぎる
心よりも

山丘的音樂

你凝視著我
其實你沒有看我
你看的是山丘
爬上去能看到死後的世界
平緩山丘的幻影
在那裡我不過是點綴

音樂停了
你回到我身邊
像沒有結局的故事裡
陌生的登場人物

我的心變成迷路的孩子
不厭其煩地尋找你的愛

丘の音楽

私を見つめながら
あなたは私を見ていない
見ているのは丘
登ればあの世が見える
なだらかな丘の幻
そこでは私はただの点景

音楽が止《や》んで
あなたは私に帰ってくる
終わりのない物語の
見知らぬ登場人物のように

私のこころが迷子になる
あなたの愛を探しあぐねて

假寐

老人假寐
與記憶一起
與草木一起
在家貓身旁
把星辰當作朋友

老人做夢
夢到潛藏在咫尺之遙黑暗中
微弱的光
在假寐中
與世界和解

老人醒來
忘掉自己
忘掉時間

まどろみ

老いはまどろむ
記憶とともに
草木とともに
家猫のかたわらで
星辰《せいしん》を友として

老いは夢見る
一寸先の闇にひそむ
ほのかな光を
まどろみのうちに
世界と和解して

老いは目覚める
自らを忘れ
時を忘れて

濕婆[1]

大地的譴責嗎
大海的忠告嗎
天空無語
在星星母親的嚴苛裡
心在發抖

文明化作濁流
糾纏一起的生與死
浮游的語言
掙扎的情感

破壞和創造的
濕婆神
不言人語
用事實教誨

編按1

Siva，印度教三世神的第三位體，代表滅生，印度哲學中「毀滅」有「再生」的含義，因此也是重生的力量。濕婆可在冥想與苦行中造就奇蹟，是苦修者崇敬之神。

シヴァ

大地の叱責《しっせき》か
海の諫言《かんげん》か
天は無言
母なる星の厳しさに
心はおののく

文明は濁流と化し
もつれあう生と死
浮遊する言葉
もがく感情

破壊と創造の
シヴァ神は
人語では語らず
事実で教える

語言

失去一切
包括語言
但語言沒有損壞
沒有流失
在每個人的心底

語言發芽
來自瓦礫下的大地
一如既往的鄉音
奮筆疾書的文字
常常中斷的意義

老生常談的語言
因苦難甦醒
因悲傷深邃
邁向新的意義
以沉默為後盾

言葉

何もかも失って
言葉まで失ったが
言葉は壊れなかった
流されなかった
ひとりひとりの心の底で

言葉は発芽する
瓦礫《がれき》の下の大地から
昔ながらの訛《なま》り
走り書きの文字
途切れがちな意味

言い古された言葉が
苦しみゆえに甦《よみがえ》る
哀《かな》しみゆえに深まる
新たな意味へと
沈黙に裏打ちされて

謝謝的深度

心不在這裡
只是動嘴說謝謝
只是信筆寫謝謝
得意洋洋的謝謝

從心底
像泉水一樣汩汩湧出
把它轉換成語言令人心焦
靜靜滿溢的謝謝

心情的深度雖各有不同
一句謝謝

暗藏能超越每個人心的世界的微笑

ありがとうの深度

心ここにあらずで
ただ口だけ動かすありがとう
ただ筆だけ滑るありがとう
心得顔のありがとう

心の底からこんこんと
泉のように湧き出して
言葉にするのももどかしく
静かに溢《あふ》れるありがとう

気持ちの深度はさまざまだが
ありがとうの一言に

ひとりひとりの心すら超えて
世界の微笑がひそんでいる

向遠方

心啊　請帶我去
遠方
比水平線遙遠
比星星還要遙遠
與死者
能相互微笑的地方
能聽到即將誕生的胎兒們
那微弱心跳的地方
帶往我們淺薄的思考所不能及的
遙遠的地方　心啊
請帶我去
比希望遙遠

超越絕望的遠方

遠くへ

心よ　私を連れて行っておくれ
遠くへ
水平線よりも遠く
星々よりももっと遠く
死者たちと
微笑《ほほえ》みかわすことができるところ
生まれてくる胎児たちの
あえかな心音の聞こえるところ
私たちの浅はかな考えの及ばぬほど
遠いところへ　心よ
連れて行っておくれ
希望よりも遠く

絶望をはるかに超えた
遠くへ

出口

迷失在自造的迷宮
轉來轉去找著出口
往上看有老天爺
往下挖依舊湧水
因為只看著前方走
曾幾何時連正往哪個方向
也已分不清
心是迷路的孩子
乾脆接受沒有出口
不如就在這裡
造一個不是出口的新入口如何呢

出口

自分で作った迷路に迷って
出口をさがしてうろうろしてる
上を見ればまだお天道様がいるのに
下を掘ればまだ水も湧くのに
前ばかり見て歩いていくから
どっちに向かってるのか
いつかそれさえ分からなくなって
心は迷子

いっそ出口はないと得心して
他でもないここに出口ならぬ
新しい入り口を作ってはどうか

五點

不知是誰
卻在等著那個誰
這樣想著坐下
夕陽耀眼
一出生就在等待
這種心情
沒對戀人說過
也沒告訴丈夫
等的人就是他
只如此想過一次
（也許是錯覺）

啊　已經五點
得按下開關了

五時

誰かは知らない
でも誰かを待っている
そう思いながら座ってる
西日がまぶしい
生まれたときから待っている
そんな気がする
恋人には言わなかった
夫にも言ってない
待っていたのはこの人
と思ったことが一度だけあった
（多分早とちり）

あ　もう五時
スイッチ入れなきゃ

白髮

不是假的
但怕被問真不真
不是隱瞞
是厭倦了找語言
無所顧忌地反覆
互相爭執的心情
一言難盡
說出口就變得虛假
所以含糊不清
語言真累人
想要寂靜
暫時停戰吧

你的白髮也增加了呢

白髪

嘘じゃない
でも本当かと問われると怯《ひる》む
隠してるんじゃない
言葉を探しあぐねて
堂々巡りしてしまうんだ
せめぎあう気持ちは
一言では言えない
言えば嘘になる
だから歯切れが悪いんだ
言葉ってしんどいな
静寂が欲しい
ちょっと休戦しよう

きみも白髪が増えたね

回答問題

悲傷時寫不出悲傷的詩
只是忍著眼淚就已竭盡全力
快樂時寫不出快樂的詩
因為花時間在別的事

寫詩時的心很平靜
像遠離人煙的山間湖水
喜怒哀樂沉入湖底
蕩漾靜靜的漣漪

相信潛藏在〈美〉中的〈真善〉
客氣地留下語言

如果你來閱讀
心會讓活字的集合變成〈詩〉

問いに答えて

悲しいときに悲しい詩は書けません
涙こらえるだけで精一杯
楽しいときに楽しい詩は書きません
他のこととして遊んでいます

詩を書くときの心はおだやか
人里離れた山間《やまあい》のみずうみのよう
喜怒哀楽を湖底にしずめて
静かな波紋をひろげています

〈美〉にひそむ〈真善〉信じて
遠慮がちに言葉を置きます

あなたが読んでくだされば
心が活字の群れを〈詩〉に変える

自己的淤泥

在心的淺灘
即使掙扎也是徒勞
若不潛入心的深處
便無法看到自己的淤泥

偽善
迎合
無知
貪婪

即使自己不這麼想
也會在不知不覺中堆積

打算丟掉而累積的東西
永遠不會減少的東西

おのれのヘドロ

こころの浅瀬で
もがいていてもしようがない
こころの深みに潜らなければ
おのれのヘドロは見えてこない

偽善
迎合
無知
貪欲《どんよく》

自分は違うと思っていても
気づかぬうちに堆積《たいせき》している

捨てたつもりで溜《た》まるもの
いつまでたっても減らぬもの

鏡子

原來這就是「我」啊
兩個小眼睛兩個平凡的耳朵
鼻子嘴巴各一個
雖然完全看不見內在
估計也是一團糟吧
總之又多一歲
先說一聲恭喜了
因為太陽今天依舊升起來
富士山也一樣聳立
我也會好好的活下去
當然是跟你一起
跟所有的生命一起

鏡

なるほどこれが「私」という奴か
ちんこい目が二つありふれた耳が二つ
鼻と口が一つずつ
中身はさっぱり見えないが
多分しっちゃかめっちゃかだろう
とまれまた一つ年を重ねて
おめでとうと言っておく
お日様は今日も上がって
富士山もちゃんとそびえてるから
私も平気で生きていく
もちろんあなたといっしょに
ありとある生き物といっしょに

污漬

因嫉妒和憤怒被污染的心
悲傷會給予清洗
但會留下污漬
再怎麼洗
都洗不掉的污漬
現在我因這些污漬而惱怒

純白的心太無聊
沒有污漬的心難以信任
這麼想並不是因為不服輸
可以的話想和污漬一起
閃閃發光

（像萬花筒一樣？）

シミ

妬《ねた》みと怒りで汚れた心を
哀しみが洗ってくれたが
シミは残った
洗っても洗っても
おちないシミ
今度はそのシミに腹を立てる

真っ白な心なんてつまらない
シミのない心なんて信用できない
と思うのは負け惜しみじゃない
できればシミもこみで
キラキラしたいのだ

（万華鏡のように？）

我的以前

我的以前是什麼時候呢
去年如同昨日
孩提時代仍栩栩如生
從出生那天到今日
一點也沒成為歷史

從花甲古稀到喜壽傘壽[1]
活到那歲數就可喜可賀返老還童
時間在心中伸縮
與日曆完全不同

我的以前是什麼時候呢
追溯到出生以前
要一直延伸到宇宙大爆炸嗎

編按1
日本祝壽七十歲稱為喜壽，八十歲是傘壽。

私の昔

私の昔はいつなんだろう
去年がまるで昨日のようで
子ども時代もまだ生々しくて
生まれた日から今日までが
ちっとも歴史になってくれない

還暦古稀から喜寿傘寿
過ぎればめでたい二度童子《にどわらし》
時間は心で伸びて縮んで
暦と似ても似つかない

私の昔はいつなんだろう
誕生以前を遡《さかのぼ》り
ビッグバンまで伸びているのか

兩種幸福

心中像是爆發了什麼
我覺得現在非常幸福！
不知道什麼理由
只是莫名突然變得幸福的瞬間
無論晴天陰天下雨下雪
周圍不幸的人有很多
我也有很多煩惱
可該怎麼說呢　真的
雖然幸福一下子就消失
但那瞬間的喜悅忘不了
你沒有這樣過嗎？

老人微笑看著少女
雖然談不上爆發
卻沉浸在此刻平靜的幸福中

ふたつの幸せ

心の中で何かが爆発したみたいに
いま幸せだ！って思う
理由なんて分かんない
ただ訳もなく突然幸せになる瞬間
晴れてても曇りでも雨でも雪でも
まわりは不幸せな人でいっぱい
私だって悩みがいっぱい
でもなんだろね　ほんと
あっという間に消えるんだけど
その瞬間の喜びは忘れない
そんなことってない？

老人は微笑《ほほえ》んで少女を見つめる
爆発とはほど遠いが
いまの穏やかな幸せに包まれて

一心

不是為了活下去
才活著
不是為了避免死亡
才活著

微風中愜意溫和的心
與在龍捲風的不祥感中膽怯的心
不是不同的心
是同一個我的心

在理應死去的身體中
潛藏著活潑的生存之心

悲喜交加的
生生不息的

一心

生きのびるために
生きているのではない
死を避けるために
生きているのではない

そよ風の快さに和む心と
竜巻の禍々《まがまが》しさに怯《おび》える心は
別々の心ではない
同じひとつの私の心

死すべきからだのうちに
生き生きと生きる心がひそむ

悲喜こもごもの
生々流転の

購物

不是隱藏
也不想保密
沒做一件虧心事
告訴誰都沒關係
沒什麼大不了的購物　但是
在世界上知道的
只有自己

總有一天會忘記吧
我心靈的一片拼圖
但是這樣的碎片組合一起
就是我這個人

不可思議

買い物

隠しているのではない
秘密にしておきたいわけでもない
やましいことは何一つない
誰に話してもかまわない
ささやかな買い物　でも
知っているのは世界中で
自分ひとりだけ

いつかは忘れてしまうだろう
私の心のジグソーの一片
でもそんなかけらが合わさって
私という人間がいる

不思議

來自心

——寫給孩子們

心是容器
什麼都裝得下
雖然存取很自由
但是不拿出來好
還是拿出來好
只能自己決定

從心拿出來的
是看不見的閃亮亮
是看不見的暖洋洋
是看不見的黏答答

是看不見的輕飄飄
從心走出來的
是看不見的自己

こころから

——子どもたちに

こころはいれもの
なんでもいれておける
だしいれはじゆうだけど
ださずにいるほうがいいもの
だしたほうがいいもの
それはじぶんできめなければ

こころからだしている
みえないぎらぎら
みえないほんわか
みえないねばねば

みえないさらさら
こころからでてしまう
みえないじぶん

心的住處

無法從今天逃離
心卻想去昨天
還慌慌張張地想去明天
今天是暫時的居所嗎

無法從這裡逃離
心卻想從這裡出去
想去某個不同的地方
去了之後那裡也會變成這裡啊

漂浮在宇宙的大洋
小小的小小的浮游生物

不知道自己的住處
心是惶惑不安轉來轉去迷路的孩子

心の居場所

今日から逃れられないのに
心は昨日へ行きたがる
そわそわ明日へも行きたがる
今日は仮の宿なのだろうか

ここから逃れられないのに
心はここから出て行きたがる
どこか違う所へ行きたがる
行けばそこもここになるのに

宇宙の大洋に漂う
小さな小さなプランクトン

自分の居場所も分からずに
心はうろうろおろおろ迷子です

孤獨

這種孤獨
不想被任何人打擾
午後一個人在森林中這麼想
想起了幾張
支撐這一時刻的面孔
現在不希望他們在這裡
但希望他們一直待在那裡
只要待在那裡就好
想要相信他們會待在那裡

即使被討厭
卻也因被人討厭而非獨自一人

即使被遺忘
我也不會忘
孤獨不是一個人

孤独

この孤独は誰にも
邪魔されたくない
と思った森の中のひとりの午後
そのひとときを支えてくれる
いくつもの顔が浮かんだ
今はここにいて欲しくない
でもいつもそこにいて欲しい
いてくれるだけでいい
いてくれていると信じたい

嫌われているとしても
嫌われることでひとりではない

忘れられているとしても
私は忘れない
孤独はひとりではない

了然於胸

我問明白了嗎
你答明白了
我又追問了然於胸嗎
你回答說已了然於胸
我問胸在哪兒呢
你指著肚子說不就是這兒嗎

因為那裡沒有腦也沒有心
了然到那兒去的不是語言
那究竟是什麼呢
本人說不知道
是因為剛才啜泣過了嗎

宛如附著的東西掉了似的一臉若無其事

腑に落ちる

分かったのかと私が言うと
分かったと言う
腑《ふ》に落ちたかと念を押すと
腑に落ちましたと答える
腑ってどこだと私が問うと
どこかこのあたりと下腹を指す

そこには頭も心もないから
落ちてきたのは言葉じゃない
それじゃいったい何なんだ
分かりませんと当人は
さっき泣きじゃくったせいか

つき物が落ちたみたいに涼しい顔

心這種東西

對看得見的東西
閉上眼睛
對聽得見的東西
摀住耳朵
對發出臭味的東西
捏住鼻子
想要呼喚時
閉上嘴巴

心有時
背叛五感
也不相信第六感

心有時
沒有意識到
正在偽裝自己

心は

見えてしまうものに
目をつぶる
聞こえてくるものに
耳をふさぐ
臭ってくるものに
鼻をつまむ
叫びたいときに
口をつぐむ

心はときに
五感を裏切り
六感を信じない

心はときに
自らを偽っていることに
気づかない

絕望

你說很絕望
但你還活著
因為你的生命知道
絕望不是終點

絕望
是在赤裸的生命現實中受到傷害
是接受
世界被限制在交錯的慾望網格中

只有從絕望
才能看到真正的現實

才會誕生真正的希望
你正站在出發點上

絶望

絶望していると君は言う
だが君は生きている
絶望が終点ではないと
君のいのちは知っているから

絶望とは
裸の生の現実に傷つくこと
世界が錯綜《さくそう》する慾望の網の目に
囚《とら》われていると納得すること

絶望からしか
本当の現実は見えない

本当の希望は生まれない
君はいま出発点に立っている

搖晃

搖搖晃晃
在晃動
不知不覺之間
開始晃動
晃動著
樹木
心
我
連世界
也在緩緩地搖晃
因為被晃動
而不安

但要像嬰兒一樣
任由身體
搖晃

ゆらゆら

ゆらゆら揺れる
揺れている
気づかずにいつの間にか
揺れ始めている
揺れている
木々が
こころが
私が
世界も
ゆるやかに揺れて
揺られて
不安

でも赤ん坊のように
身をまかせて
ゆらゆら

記憶與記錄

這邊
記憶著水流過的過去
那邊
鐫刻在粗糙的石頭上
記憶是負心漢
記錄是規矩人

可是總有一天過去會輸
輸給現在
輸給未來
即使不遺忘
也會從身邊遠離

只留下一個背影
變成陌路人

記憶と記録

こっちでは
水に流してしまった過去を
あっちでは
ごつい石に刻んでいる
記憶は浮気者
記録は律義者

だがいずれ過去は負ける
現在に負ける
未來に負ける
忘れまいとしても
身内から遠ざかり

他人行儀に
後ろ姿しか見せてくれない

之後

之後存在
失去了最重要的人之後
想到了已經為時不多之後
即使知道一切都完了之後
也有不會結束的之後

之後一心一意
消失在霧中
之後無窮無盡
藍藍地擴散

之後存在
在世界裡 而且
在人們的心中

そのあと

そのあとがある
大切なひとを失ったあと
もうあとはないと思ったあと
すべて終わったと知ったあとにも
終わらないそのあとがある

そのあとは一筋に
霧の中へ消えている
そのあとは限りなく
青くひろがっている

そのあとがある
世界に　そして
ひとりひとりの心に

心
谷川俊太郎詩集

作者　谷川俊太郎
譯者　田原
設計　mollychang.cagw.
特約編輯　王筱玲
總編輯　林明月

發行人　江明玉
出版發行　大鴻藝術股份有限公司　合作社出版
地址　台北市大同區鄭州路87號11樓之2
電話　(02)2559-0510　傳真　(02)2559-0502
電郵　hcspress@gmail.com

總經銷　高寶書版集團
地址　台北市內湖區洲子街88號3F
電話　(02)2799-2788　傳真　(02)2799-0909

二〇二〇年十一月初版
定價三五〇元

最新書籍相關訊息與意見流通，請見合作社出版臉書專頁
臉書搜尋：合作社出版

心：谷川俊太郎詩集／谷川俊太郎 著；田原 譯.
--初版.--台北市：大鴻藝術合作社出版，2020.11
256面；13 × 18公分
ISBN 978-986-95958-7-2（平裝）
861.53　　109014335